APPRENTIS LECTEURS

ANNIE ET WILLIE

Larry Dane Brimner
Illustrations de Rebecca McKillip Thornburgh
Texte français de France Gladu

Éditions
SCHOLASTIC

P9-DWG-229

À Helen Galvin
— L.B.D.

À Blair et Alice, évidemment
— R.McK.T.

Catalogage avant publication de Bibliothèque
et Archives Canada

Brimner, Larry Dane
Annie et Willie / Larry Dane Brimner ;
illustrations de Rebecca McKillip Thornburgh ;
texte français de France Gladu.

(Apprentis lecteurs)
Traduction de: Aggie and Will.
Niveau d'intérêt selon l'âge: Pour les 3-6 ans.
ISBN 978-0-545-98112-5

I. Gladu, France, 1957- II. Thornburgh, Rebecca McKillip
III. Titre.

PZ23.B7595An 2009   j813'.54   C2009-900563-8

Édition publiée par les Éditions Scholastic, 604, rue King Ouest, Toronto (Ontario) M5V 1E1.

5 4 3 2 1   Imprimé au Canada   09 10 11 12 13

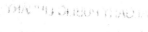

© **Sources Mixtes**
Groupe de produits issu de forêts
bien gérées, de sources contrôlées
et de bois ou fibres recyclés.
www.fsc.org Cert no. SW-COC-002520
© 1996 Forest Stewardship Council
FSC

Annie et Willie ne sont jamais d'accord.

Quand Annie veut de la crème glacée,

Willie veut du gâteau.

Quand Annie veut
grimper à l'arbre,

491

Willie veut patiner.

Quand Annie veut être toute seule,

Willie veut jouer avec elle.

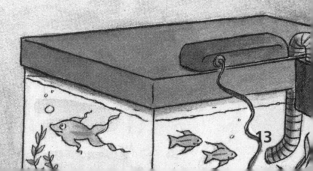

13

Et quand Willie veut être tout seul,

Annie veut jouer avec lui.

Annie dit :

« Je suis plus grande
que la table. »

Willie dit : « Tu es plus petite que le réverbère. »

Willie dit :

« Je saute plus haut que
la grenouille. »

Annie dit : « Tu sautes moins
haut que le cerf-volant. »

Qui a raison?

Annie le sait bien.

Willie le sait bien.

Annie et Willie ne sont jamais d'accord.

Enfin... presque jamais.

Willie veut y aller aussi.

LISTE DE MOTS

a	dit	plus
à	du	presque
aller	elle	quand
Annie	enfin	que
arbre	es	qui
aussi	et	raison
aux	être	réverbère
avec	gâteau	sait
bien	glacée	sauter
bibliothèque	grande	seul
cerf-volant	grenouille	seule
crème	grimper	sont
d'accord	haut	suis
de	jamais	table
	je	tout
	jouer	toute
	le	tu
	la	veut
	lui	Willie
	moins	y
	ne	
	patiner	
	petite